Rudolf Ludwig Carl Virchow

Die Freiheit der Wissenschaft im modernen Staat

Antigonos

Rudolf Ludwig Carl Virchow

Die Freiheit der Wissenschaft im modernen Staat

Unveränderter Nachdruck der Originalausgabe von 1877.

1. Auflage 2024 | ISBN: 978-3-38641-283-4

Antigonos Verlag ist ein Imprint der Outlook Verlagsgesellschaft mbH.

Verlag: Outlook Verlag GmbH, Zeilweg 44, 60439 Frankfurt, Deutschland
Vertretungsberechtigt: E. Roepke, Zeilweg 44, 60439 Frankfurt, Deutschland
Druck: Libri Plureos GmbH, Friedensallee 273, 22763 Hamburg, Deutschland

Die

Freiheit der Wissenschaft

im

modernen Staat.

Die
Freiheit der Wissenschaft
im
modernen Staat.

Rede

gehalten in der dritten allgemeinen Sitzung der fünfzigsten
Versammlung deutscher Naturforscher und Aerzte
zu München am 22. September 1877

von

Rudolf Virchow.

Zweite Auflage.

BERLIN, 1877.

Verlag von Wiegandt, Hempel & Parey

(Paul Parey).

Als mir der ehrenvolle Auftrag unseres geschäftsleitenden Ausschusses zu Theil wurde, von dieser Stelle aus zu der Versammlung zu sprechen, da habe ich mir die Frage vorgelegt, ob ich nicht, dem von mir angeregten und neulich erst von Herrn Klebs in Erinnerung gebrachten Gesichtspunkte entsprechend, Ihnen ein besonderes Gebiet der neuesten Entwickelung unserer Wissenschaft vorführen sollte. Ich habe mich jedoch dafür entschieden, diesmal mehr einem allgemeinen Bedürfnisse Ausdruck zu geben, hauptsächlich desshalb, weil, wie mir scheint, der Zeitpunkt gekommen ist, wo eine gewisse Auseinandersetzung zwischen der Wissenschaft, wie wir sie vertreten und treiben, und dem allgemeinen Leben stattfinden muss, und weil in der Geschichte gerade unserer, der continentalen Völker Europas, der Augenblick immer näher heranrückt, wo die geistigen Geschicke der Völker vielleicht für lange Zeit in den höchsten Entscheidungen bestimmt werden dürften.

Es ist nicht zum ersten Male, meine Herren, dass ich bei Gelegenheit einer Naturforscherversammlung warnend auf gleichsam dramatische Ereignisse, welche sich in unserem Nachbarlande vollziehen, hinweisen kann. Zu wiederholten Malen habe ich gerade in der Zeit, wo eine Naturforscherversammlung tagte, auf kurz vorhergegangene Ereignisse jenseits des Rheins hinweisen können, welche, soweit sie scheinbar von unserer Aufgabe abliegen, doch schliesslich immer dasselbe streitige Gebiet betreffen, dasjenige, auf dem es sich darum handelt, festzustellen, was die moderne Wissenschaft im modernen Staate gelten soll. Seien wir offen — wir können es hier vielleicht in doppeltem Maasse, — es ist die Frage des Ultramontanismus und der Orthodoxie, welche uns immerfort bewegt. Ich kann wohl sagen, mit wahrem Bangen sehe ich den Ereignissen entgegen, welche sich im Laufe der nächsten Jahre bei unserem Nachbarvolke vollziehen werden. Wir hier können in diesem Augenblicke mit einem gewissen Stolze um uns blicken und mit einer gewissen Ruhe dem Gange der Dinge zusehen. Heute aber, wo wir beschäftigt sind, die fünfzigste Wiederkehr dieser Versammlung zu feiern, ist es gewiss am Platze, daran zu erinnern, welche grosse Veränderung in Deutschland, speciell in München sich vollzogen hat seit den Tagen, als Oken zum ersten Male deutsche Naturforscher und Aerzte versammelte.

Ich will mich nur ganz kurz auf zwei Thatsachen beziehen, bekannt genug, indess auch wichtig genug, um von Neuem in Erinnerung gebracht zu werden: die eine Thatsache, dass, als im Jahre 1822 die wenigen Männer, welche die erste deutsche Naturforscherversammlung zusammensetzten, in Leipzig tagten, es noch so gefährlich erschien, eine derartige Versammlung abzuhalten, dass sie thatsächlich im Dunkel des Geheimnisses stattfand. Konnten doch die Namen derjenigen Mitglieder, welche aus Oesterreich beigetreten waren, erst 39 Jahre später, im Jahre 1861, publicirt werden. Die zweite Thatsache, die uns bei der Erinnerung an Oken unmittelbar berührt, ist die, dass auch er, dieser geschätzte, dieser gefeierte Lehrer, diese Zierde der Hochschule München im Exil sterben musste, in demselben schweizerischen Canton, in dem Ulrich von Hutten sein viel geplagtes und viel durchkämpftes Leben beschloss. Meine Herren, das bittere Exil, welches Oken's letzte Jahre bedrückte, welches ihn fern von denjenigen Stätten, an denen er die besten Kräfte seines Lebens geopfert hatte, hinsiechen liess, dieses Exil wird die Signatur der Zeit bleiben, welche wir überwunden haben. Und so lange es eine deutsche Naturforscherversammlung giebt, so lange sollen wir uns dankbar erinnern, dass dieser Mann bis zu seinem Tode alle Zeichen des Märtyrers an sich getragen hat, so lange sollen wir auf ihn weisen als auf einen jener Blutzeugen, welche die Freiheit der Wissenschaft für uns erkämpft haben.

Jetzt, meine Herren, ist es leicht, im deutschen Lande von Freiheit der Wissenschaft zu reden; jetzt sind wir auch hier, wo man noch vor wenigen Decennien die Besorgniss hegte, dass vielleicht ein neuer Umschwung der Dinge plötzlich das äusserste Gegenstück zu Tage fördern würde, sicher und können in aller Ruhe die höchsten und schwierigsten Probleme des Lebens und des Jenseits discutiren. Gewiss liefern die Erörterungen, welche in den allgemeinen Sitzungen, in der ersten und zweiten, stattgefunden haben, hinreichende Proben davon, dass München jetzt ein Ort ist, welcher es vertragen kann, die Vertreter der Wissenschaft in vollständigster Freiheit zu hören. Ich war nicht in der Lage, alle diese Reden zu hören, aber ich habe seitdem sowohl die Rede des Herrn Haeckel, als die des Herrn Naegeli gelesen, und ich muss sagen, wir können nicht mehr verlangen, als dass in dieser Freiheit discutirt werden darf.

Handelte es sich nur darum, uns dieses Besitzes zu erfreuen, so würde ich hier nicht das Wort über einen solchen Gegenstand genommen haben. Aber, meine Herren, wir befinden uns an einem Punkte, wo es sich darum handelt, zu untersuchen, ob wir hoffen dürfen, diesen factischen Besitz, in dem wir uns befinden, für die Dauer zu sichern. Die Thatsache, dass wir heute in der Lage sind, so zu discutiren, ist für Jemand, der eine so lange Erfahrung im öffentlichen Leben hinter sich hat, wie ich, keine genügende Bürgschaft dafür, dass es immer so bleiben werde. Darum denke ich, dass wir uns nicht blos anzustrengen haben, auf dass wir für den Augenblick die Theilnahme Aller fesseln, sondern ich meine, wir haben uns auch zu fragen, was wir zu thun haben, um diesen Zustand zu erhalten. Meine Herren, ich will Ihnen gleich sagen, was ich Ihnen als das Hauptresultat meiner Betrachtungen vorführen, was ich hier besonders beweisen möchte. Ich möchte nehmlich darthun, dass wir für uns jetzt nicht mehr zu fordern haben, sondern dass wir vielmehr an dem Punkte angekommen sind, wo wir uns die besondere Aufgabe stellen müssen, durch unsere Mässigung, durch einen gewissen Verzicht auf Liebhabereien und persönliche Meinungen es möglich zu machen, dass die günstige Stimmung der Nation, die wir besitzen, nicht umschlage!

Ich bin der Meinung, wir sind in der That in Gefahr, durch zu weite Benutzung der Freiheit, welche uns die jetzigen Zustände darbieten, die Zukunft zu gefährden, und ich möchte warnen, dass man nicht in der Willkür beliebiger persönlicher Speculation fortfahren möge, welche sich jetzt auf vielen Gebieten der Naturwissenschaft breit macht. Die Auseinandersetzungen, welche Ihnen meine Vorgänger gegeben haben, namentlich diejenigen des Herrn Naegeli, werden für Alle, die sie nachlesen, in Bezug auf den Gang der naturwissenschaftlichen Erkenntniss, in Bezug auf die Grenzen derselben eine Reihe der wichtigsten Gesichtspunkte ergeben, welche zu wiederholen nicht meine Aufgabe sein kann. Ich habe aber auch ihnen gegenüber zu betonen, und ich möchte dafür ein paar practische

Beispiele aus der Erfahrung der Naturwissenschaften beibringen, wie gross der Unterschied ist desjenigen, was wir als wirkliche Wissenschaft im strengsten Sinne des Wortes ausgeben und für welches allein wir meiner Meinung nach die Gesammtheit aller der Freiheiten fordern können, welche als Freiheit der Wissenschaft oder, sagen wir vielleicht noch etwas schärfer, als Freiheit der wissenschaftlichen Lehre bezeichnet werden kann, im Gegensatze zu demjenigen grösseren Gebiete, welches mehr der speculativen Expansion angehört, welches die Probleme stellt, die Aufgaben findet, auf welche die neue Forschung sich richten soll, welches vorahnend eine Reihe von Lehrsätzen formulirt, die erst zu beweisen sind und deren Thatsächlichkeit erst gefunden werden soll, die jedoch inzwischen zur Ausfüllung gewisser Lücken des Wissens mit einer gewissen Wahrscheinlichkeit vorgetragen werden können. Wir dürfen nicht vergessen, dass es eine Grenze zwischen dem speculativen Gebiete der Naturwissenschaft und dem thatsächlich errungenen und vollkommen festgestellten Gebiete giebt. Von uns verlangt man, dass diese Grenze mit immer grösserer Schärfe nicht blos gelegentlich einmal bezeichnet, sondern überhaupt soweit fixirt werde, dass sich jeder Einzelhe immer mehr bewusst werde, wo die Grenze liegt, und wieweit von ihm gefordert werden könne, dass er zugestehe, das Gelehrte sei Wahrheit. Das, meine Herren, ist die Aufgabe, an der wir in uns zu arbeiten haben.

Die practischen Fragen, welche sich daran knüpfen, sind sehr naheliegend. Es ist selbstverständlich, dass wir für das, was wir als gesicherte, wissenschaftliche Wahrheit betrachten, auch die vollkommene Aufnahme in den Wissensschatz der Nation verlangen müssen. Das muss die Nation in sich aufnehmen, das muss sie verzehren und verdauen, daran muss sie nachher weiter arbeiten. Gerade darin liegt ja die doppelte Förderung, welche die Naturwissenschaft der Nation bietet. Auf der einen Seite der materielle Fortschritt, dieser ungeheure Fortschritt, welchen die Neuzeit aufweist. Alles, was die Dampfmaschine, die Telegraphie, die Photographie u. s. w. gebracht haben, die chemischen Entdeckungen, die Farbentechnik u. s. w., alles dieses basirt wesentlich darauf, dass wir Männer der Wissenschaft die Lehrsätze vollkommen fertig machen und wenn sie ganz fertig und sicher sind, so dass wir ganz bestimmt wissen, dies ist naturwissenschaftliche Wahrheit, sie der Gesammtheit übergeben; dann können auch Andere damit arbeiten und neue Dinge schaffen, von denen vorher Niemand eine Ahnung hatte, die sich Niemand träumen liess, die ganz neu in die Welt treten und die den Zustand der Gesellschaft und der Staaten umwandeln. Das ist die materielle Bedeutung unserer Leistungen. Ebenso ist es andererseits mit der geistigen Bedeutung derselben. Wenn ich der Nation eine bestimmte wissenschaftliche Wahrheit überliefere, die sicher beglaubigt ist, an der nicht der geringste Zweifel bleiben kann, wenn ich verlange, dass Jedermann sich von der Richtigkeit dieser Wahrheit überzeuge, dass er sie in sich aufnehme, dass sie Bestandtheil seines Denkens werde, so setze ich als selbstverständlich voraus, dass damit seine Anschauung von den Dingen überhaupt mitbestimmt werden muss. Jede wesentliche Neuigkeit dieser Art muss auf die ganze Vorstellungsweise des Menschen, auf die Methode des Denkens einen Einfluss ausüben.

Wenn wir z. B., um einen naheliegenden Fall zu nehmen, die Fortschritte betrachten, welche die letzten Jahre in Bezug auf die Kenntniss des menschlichen Auges gebracht haben, von den ersten Tagen an, wo man die einzelnen Bestandtheile des Auges genauer anatomisch auseinanderlegte, dann diese einzelnen anatomisch getrennten Theile wieder einer mikroskopischen Untersuchung unterzog und ihre verschiedene Einrichtung nachwies, bis zu der Zeit, wo wir allmählich die vitalen Eigenschaften, die physiologischen Functionen dieser verschiedenen Theile kennen gelernt haben, bis man endlich in der Entdeckung des Sehpurpurs und der photographischen Eigenschaften desselben einen Fortschritt gemacht hat, von dem man noch vor einem Jahre kaum eine Ahnung hatte: da liegt es auf der Hand, dass mit jedem Fortschritte der Art ein gewisser Theil der Optik, zunächst der Lehre vom Sehen bestimmt und geändert wird. Wir erfahren damit ganz bestimmt, wie im Innern des menschlichen Körpers selbst die Einwirkung des Lichtes stattfindet und wie ein mehr peripherisches Organ des menschlichen Körpers. nicht etwa das Gehirn, sondern das Auge es ist, welches diese Einwirkung erfährt. Wir erfahren damit, dass dieses Photographiren nicht etwa eine geistige Operation ist, sondern ein chemischer Vorgang, der sich unter Zuhülfenahme gewisser Lebensvorgänge vollzieht, und dass wir in Wirklichkeit nicht die äusseren Dinge sehen, sondern die Bilder unseres Auges. Wir sind somit in der Lage, ein neues Moment der Analyse für das Verständniss unserer Beziehungen zu der Aussenwelt zu gewinnen und den rein geistigen Antheil des

Sehens von dem rein körperlichen Antheil schärfer auseinander zu
legen. Damit wird ein gewisser Theil der Optik und zugleich der
Psychologie ganz neu gebildet. Die Chemie tritt mit heran an die
Untersuchung von Fragen, mit denen sie sich bisher gar nicht beschäftigt hatte, namentlich an die hochwichtigen Fragen: was ist Seh-
purpur? was ist das für eine Substanz? wie wird sie gebildet, wie
vernichtet, wie wieder hergestellt? Die Lösung dieser Fragen wird
nicht verfehlen, ein neues Gebiet der Forschung zu erschliessen;
hoffentlich machen wir bald auch auf dem Gebiete der technischen
Photographie neue Fortschritte, indem wir bunte Photogramme her-
stellen lernen. So bildet sich ein Gemisch von Fortschritten, die halb
auf geistigem, halb auf körperlichem Gebiete liegen. Und daher, sage
ich, muss mit jedem wahren Fortschritte des Wissens von der Natur
nothwendiger Weise, wie in den äusseren Verhältnissen der Menschen,
so auch in den inneren eine Reihe von Veränderungen sich vollziehen, und Niemand kann sich dem entziehen, das neue Wissen in
sich arbeiten zu lassen. Jedes neue Stück von wirklichem Wissen
arbeitet in dem Menschen fort, es erzeugt neue Vorstellungen, neue
Gedankenreihen, und Niemand kann umhin, schliesslich selbst die
höchsten Probleme des Geistes mit den natürlichen Vorgängen in
eine gewisse Beziehung zu setzen.

Aber wir haben noch eine andere, ungleich näher liegende Seite
der practischen Betrachtung. · Ueberall im ganzen deutschen Vaterlande beschäftigt man sich damit, das Unterrichtswesen neu zu ge-
stalten, zu erweitern, zu entwickeln, die bestimmten Formen dafür
zu finden. Preussens Unterrichtsgesetz steht auf der Schwelle der
kommenden Ereignisse. In allen deutschen Staaten baut man grössere
Schulhäuser, schafft man neue Lehranstalten, erweitert man die
Universitäten, richtet man höhere und Mittelschulen ein. Es fragt
sich endlich, was soll der Hauptinhalt dessen sein, was gelehrt
wird? wohin soll die Schule führen? nach welchen Richtungen soll
sie arbeiten? Wenn die Naturwissenschaft verlangt, wenn wir alle
seit Jahren dahin gedrängt haben, dass wir Einfluss gewinnen auf
die Schule, wenn wir fordern, dass die Naturkenntniss in höherem
Maasse in die gewöhnliche Lehre aufgenommen werde, dass schon
frühzeitig den jugendlichen Geistern dieses fruchtbare Material ge-
boten werde als Grundlage einer neuen Anschauung, dann werden
wir uns auch sagen müssen, es ist in der That höchste Zeit, dass
wir uns selbst verständigen über das, was wir verlangen können und

verlangen wollen. Wenn Herr Haeckel sagt, es sei eine Frage der
Pädagogen, ob man jetzt schon die Descendenztheorie dem Unterricht
zu Grunde legen und die Plastidul-Seele als Grundlage aller Vorstellungen über geistiges Wesen annehmen, ob man die Phylogenie
des Menschen bis in die niedersten Klassen des organischen Reiches,
ja darüber hinaus bis zur Urzeugung verfolgen soll, so ist das meiner
Meinung nach eine Verschiebung der Aufgaben. Wenn die Descendenzlehre so sicher ist, wie Herr Haeckel annimmt, dann müssen
wir verlangen, dann ist es eine nothwendige Forderung, dass sie auch in
die Schule muss. Wie wäre das denkbar, dass eine Lehre von
solcher Wichtigkeit, die so vollkommen revolutionirend eingreift in
jedes Bewusstsein, die unmittelbar eine Art von neuer Religion schafft,
nicht ganz in den Schulplan eingefügt würde! Wie wäre es möglich,
eine solche — Enthüllung, kann ich ja sagen, in der Schule gewisser-
maassen todt zu schweigen, oder die Ueberlieferung der grössten
und wichtigsten Fortschritte, die unsere Anschauungen im ganzen
Jahrhundert gemacht haben, in das Ermessen des Pädagogen zu
stellen! Ja, meine Herren, das wäre in der That eine Resignation
der schwersten Art, und in Wirklichkeit würde sie auch gar nicht
geübt werden. Jeder Schulmeister, der diese Lehre in sich aufnähme,
würde sie, auch unwillkürlich, lehren. Wie sollte er das anders
machen! Er müsste sich gänzlich verstellen, er müsste sich auf die
allerkünstlichste Weise zeitweise seines eigenen Wissens berauben,
um nicht zu verrathen, dass er die Descendenztheorie kennt und festhält, und dass er genau weiss, wie der Mensch entstanden ist und
von wannen er kommt. Wenn er auch nicht weiss, wohin er geht,
so würde er doch wenigstens glauben genau zu wissen, wie sich im
Laufe von Aeonen die fortschreitende Reihe gestaltet hat. Ich sage
also, wenn wir die Aufnahme der Descendenzlehre in den Schulplan
wirklich nicht verlangten, so würde sie sich von selbst vollziehen.

Wir dürfen doch nicht vergessen, meine Herren, dass das, was wir
hier vielleicht noch mit einer gewissen schüchternen Zurückhaltung
aussprechen, von denen da draussen mit einer tausendfach gesteiger-
ten Zuversicht weiter getragen wird. Ich habe z. B. einmal den Satz
aufgestellt — im Gegensatz zu der damals herrschenden Lehre von
der Entwicklung des organischen Lebens aus unorganischer Masse —
dass jede Zelle von einer Zelle herstamme, allerdings zunächst mit
besonderer Rücksicht auf die Pathologie und vorzugsweise für den
Menschen. Ich bemerke nebenbei, dass ich in beiden Beziehungen

auch noch heutigen Tages diesen Satz für vollkommen richtig halte.
Allein als ich diesen Satz ausgesprochen und den Ursprung der Zelle
aus der Zelle formulirt hatte, haben die anderen nicht gefehlt, welche diesen Satz nicht blos im Organischen über die Grenzen dessen, wofür ich ihn
aufgestellt hatte, hinaus ausgedehnt, sondern welche ihn über die Grenzen
des organischen Lebens hinaus als allgemeingültig hingestellt haben.
Ich habe die wundervollsten Zusendungen aus Amerika und Europa
bekommen, in welchen die ganze Astronomie und Geologie auf
Zellenlehre basirt war, weil man es für unmöglich hielt, dass etwas,
was für das Leben der organischen Natur auf dieser Erde entscheidend
sei, nicht auch auf die Gestirne angewendet werden sollte, die doch
auch runde Körper seien, welche sich geballt haben und Zellen darstellen, die in dem grossen Himmelsraume umherfahren und dort
eine ähnliche Rolle spielen, wie die Zellen in unserem Leibe.

Ich kann nicht sagen, dass das etwa lauter ausgemachte Narren
und Thoren gewesen wären, die das gemacht haben; ich habe aus
einzelnen ihrer Auseinandersetzungen vielmehr die Vorstellung gewonnen, dass mancher an sich gebildete Mann, der viel studirt hatte
und sich endlich an die Probleme der Astronomie machte, nicht be-
greifen konnte, dass die Zweckmässigkeit der Himmelserscheinungen
in anderer Weise begründet sein sollte, wie die Zweckmässigkeit der
menschlichen Organisation, so dass er, um eine einheitliche Anschauung
zu gewinnen, zuletzt dahin kam, anzunehmen, der Himmel müsste auch
ein Organismus, ja die ganze Welt müsste ein zweckmässig gestalteter
Organismus sein, und darin könnte kein anderes Princip als das Zellen-
princip gelten. Ich führe das nur an, um zu zeigen, wie sich nach
Aussen hin die Dinge machen, wie sich die „Theorie“ vergrössert,
wie unsere Sätze in einer für uns selbst erschreckenden Gestalt zu
uns zurückkehren. Nun stellen sie sich einmal vor, wie sich die Descendenztheorie heute schon im Kopfe eines Socialisten darstellt!

Ja, meine Herren, das mag Manchem lächerlich erscheinen, aber
es ist sehr ernst, und ich will hoffen, dass die Descendenztheorie für
uns nicht alle die Schrecken bringen möge, die ähnliche Theorien
wirklich im Nachbarlande angerichtet haben. Immerhin hat auch diese
Theorie, wenn sie consequent durchgeführt wird, eine ungemein bedenkliche Seite, und dass der Socialismus mit ihr Fühlung gewonnen
hat, wird Ihnen hoffentlich nicht entgangen sein. Wir müssen uns das
ganz klar machen.

Nichts destoweniger, die Sache möchte so gefährlich sein, wie sie wollte, die Bundesgenossen möchten so schlimm sein, wie sie wollten, sage ich doch: in dem Augenblicke, wo wir die Ueberzeugung gewönnen, die Descendenztheorie sei eine vollständig stabilirte Lehre, welche so sicher ist, dass wir sie beschwören, dass wir sagen können, so ist es, — da würden wir kein Bedenken tragen dürfen, sie ins Leben einzuführen, sie nicht blos jedem Gebildeten zu überliefern, sondern sie jedem Kinde mitzugeben, sie zur Grundlage unserer ganzen Vorstellung von der Welt, der Gesellschaft und dem Staate zu machen und daraufhin den Unterricht zu gründen.

Das halte ich für eine Nothwendigkeit.

Ich scheue dabei auch gar nicht vor dem Vorwurfe zurück, der zu meinem Erstaunen, während ich in Russland abwesend war, in meinem preussischen Vaterlande grossen Rumor gemacht hat, vor dem Vorwurfe des Halbwissens. Merkwürdigerweise hat eine unserer sogenannten liberalen Zeitungen die Frage aufgeworfen, ob nicht der grosse Schaden dieser Zeit und der Socialismus insbesondere auf der Ausbreitung des Halbwissens beruhe. In dieser Beziehung möchte ich doch auch hier, in Mitte der Naturforscherversammlung, constatiren, dass alles menschliche Wissen Stückwerk ist. Wir Alle, die wir uns Naturforscher nennen, besitzen nur Stücke von der Naturwissenschaft; keiner von uns kann hierhertreten und mit gleicher Berechtigung jede Disciplin vertreten und an einer Discussion in jeder Disciplin theilnehmen. Im Gegentheile, wir schätzen die einzelnen Gelehrten gerade deshalb so sehr, weil sie in einer gewissen einseitigen Richtung sich entwickelt haben. Auf anderen Gebieten befinden wir uns Alle im Halbwissen. Könnten wir nur dahinkommen, dieses Halbwissen mehr zu verbreiten, könnten wir es zu Stande bringen, dass wir wenigstens die Mehrzahl aller Gebildeten soweit förderten, dass sie die Hauptrichtungen, welche die einzelnen Disciplinen der Naturwissenschaften verfolgen, soweit übersehen, um ohne zu grosse Schwierigkeiten der Entwickelung derselben folgen zu können, und dass sie, auch wenn sie sich nicht in jedem Augenblick der Totalität aller Einzelbeweise klar wären, doch von dem Gesammtgange der Wissenschaft durchdrungen würden. Viel weiter kommen wir ja auch nicht. Ich habe z. B. in meinem Leben mich redlich bemüht, chemische Kenntnisse zu erwerben; ich habe selbst chemisch gearbeitet, allein ich fühle mich ganz ausser Stand, mich ohne Weiteres etwa in ein chemisches Conventikel zu setzen und moderne Chemie in allen Richtungen zu discutiren. Nichtsdestoweniger bin ich befähigt, mich in

einiger Zeit soweit in das Verständniss zu bringen, dass mir keine
chemische Neuerung als ein unfassbares Ding entgegentritt. Aber
dieses Verständniss muss ich mir immerhin erst neu erwerben, ich habe
es nicht schon; wenn ich es gebrauchen will, muss ich es erst wieder
erwerben. Das, was mich ziert, ist eben die Kenntniss meiner
Unwissenheit. Das ist das Wichtigste, dass ich genau weiss, was
ich von Chemie nicht verstehe. Wüsste ich das nicht, dann würde
ich allerdings immer hin- und herschaukeln. Da ich aber, wie ich mir
einbilde, ziemlich genau weiss, was ich nicht weiss, so sage ich mir
jedesmal, wenn ich genöthigt bin, in ein für mich noch verschlossenes
Gebiet einzutreten: „jetzt musst du wieder anfangen zu lernen, jetzt
musst du neu studiren, jetzt musst du es machen, wie Jemand, der
in die Wissenschaft eintritt". Der grosse Irrthum, der sich eben auch
bei vielen Gebildeten fortsetzt, beruht darin, dass man sich nicht ver-
gegenwärtigt, wie bei der immensen Grösse der Naturwissenschaften
und bei der unerschöpflichen Fülle des Einzelmaterials es für keinen
Lebenden möglich ist, die Gesammtheit aller dieser Einzelnheiten zu
beherrschen. Dass man soweit kommt, in den Grundlagen der
Naturwissenschaften klar zu sein, und die Lücken, die man selbst be-
sitzt, genau kennen zu lernen, damit man jedesmal, wo man auf eine
solche Lücke stösst, sich sagt, jetzt gehst du in ein dir unbekanntes
Gebiet hinein, — das ist das, was wir erreichen müssen. Wenn sich
Jedermann darüber hinreichend klar würde, so würde Mancher an
seine Brust klopfen und bekennen, dass es eine bedenkliche Sache
ist, ganz allgemeine Folgerungen zu ziehen in Bezug auf die Geschichte aller Dinge, während man selbst nicht einmal ganz Herr über
das Material ist, aus welchem heraus man diese Schlüsse ziehen will.

Es ist leicht gesagt: „eine Zelle besteht aus kleinen Theilchen,
und diese nennen wir Plastidule; Plastidule aber bestehen aus Kohlenstoff, Wasserstoff, Sauerstoff und Stickstoff und sind mit einer besonderen Seele ausgestattet; diese Seele ist das Product oder die
Summe der Kräfte, welche die chemichen Atome besitzen." Das ist
ja möglich, ich kann es nicht genau beurtheilen. Es ist das eine von
den für mich noch unnahbaren Stellen; ich fühle mich da, wie ein
Schiffer, der auf eine Untiefe geräth, deren Ausdehnung er nicht übersehen kann. Aber ich muss doch sagen, ehe man mir nicht die
Eigenschaften von Kohlen-, Wasser-, Sauer-, und Stickstoff so defi-
niren kann, dass ich begreife, wie aus ihrer Summirung eine Seele
wird, eher kann ich nicht zugestehen, dass wir etwa berechtigt wären,

die Plastidul-Seele in den Unterricht einzuführen, oder überhaupt von jedem Gebildeten zu verlangen, dass er sie so sehr als wissenschaftliche Wahrheit anerkenne, um damit logisch zu operiren und daraufhin seine Weltanschauung zu begründen. Das können wir wirklich nicht verlangen. Im Gegentheil, ich meine, bevor wir solche Thesen als den Ausdruck der Wissenschaft bezeichnen, bevor wir sagen, das ist moderne Wissenschaft, müssten wir erst eine ganze Reihe von langwierigen Untersuchungen durchführen. Wir müssen daher den Schullehrern sagen, lehrt das nicht. Das, meine Herren, ist die Resignation, welche meiner Meinung nach auch diejenigen üben müssten, welche an sich eine solche Lösung für das wahrscheinliche Ende der wissenschaftlichen Untersuchung halten. Darüber können wir doch keinen Augenblick streiten, dass wenn diese Seelenlehre wirklich richtig wäre, sie erst durch eine lange Reihe wissenschaftlicher Forschungen sicher gestellt werden könnte.

Es giebt eine Reihe von Erlebnissen in den Naturwissenschaften, an denen wir zeigen können, wie lange gewisse Probleme schweben, ehe es möglich wird, ihre wirkliche Lösung zu finden. Wenn diese Lösung endlich gefunden wird, in einem Sinne, der vielleicht schon Jahrhunderte vorher vorgeahnt war, so folgt daraus nicht, dass während dieser, blos der Ahnung oder der Speculation angehörigen Zeiten das Problem als eine wissenschaftliche Thatsache hätte gelehrt werden dürfen.

Herr Klebs hat neulich das Contagium animatum besprochen, d. h. die Vorstellung, dass die Ansteckung bei Krankheiten sich durch lebendige Wesen vollziehe und dass diese Wesen die Krankheitsursachen seien. Die Lehre vom Contagium animatum verliert sich in das Dunkel des Mittelalters. Wir haben diesen Namen von unseren Vorvätern überkommen, er tritt schon scharf hervor im 16. Jahrhundert. Wir besitzen aus jener Zeit einzelne Werke, welche das Contagium animatum als einen wissenschaftlichen Lehrsatz aufstellen, mit derselben Zuversicht, mit derselben Art der Begründung, wie die Plastidul-Seele gegenwärtig aufgestellt wird. Nichtsdestoweniger hat man lange Zeit hindurch die lebendigen Krankheitsursachen nicht auffinden können. Das 16. Jahrhundert hat sie nicht gefunden, das 17. nicht, das 18. nicht. Im 19. Jahrhundert hat man angefangen, Stück für Stück Contagia animata wirklich zu finden. Die Zoologie, wie die Botanik haben ihre Beiträge dazu geliefert; wir haben Thiere und Pflanzen kennen gelernt, welche Contagien darstellen und es hat sich ein gewisser Theil der Contagienlehre in Zoologie und **Botanik** aufgelöst, ganz im Sinne der Theorien des 16. Jahrhunderts. **Allein** Sie werden schon aus dem Vortrage des Herrn Klebs ersehen haben, dass man noch lange nicht am Ende der Beweisführung ist. Wenn man auch noch so sehr disponirt ist, die Allgemeingültigkeit der alten Lehre zuzugestehen, nachdem nun eine Reihe von neuen lebenden Contagien hinzugekommen ist, nachdem wir den Milzbrand, die Diphtherie als Krankheiten erkannt haben, die durch besondere Organismen bedingt sind, so darf man doch noch nicht sagen, es müssen nnn alle contagiösen oder gar alle infectiösen Krankheiten durch lebendige Ursachen bedingt sein. Nachdem sich gezeigt hat, dass eine Lehre, welche schon im 16. Jahrhundert aufgestellt wurde, und welche seitdem hartnäckig in den Vorstellungen der Menschen immer wieder aufgetaucht ist, endlich seit dem zweiten Decennium dieses Jahrhunderts nach und nach immer mehr positive Beweise für ihre Richtigkeit erhalten hat, so könnte man wohl meinen, es sei eine Pflicht, sich im Sinne der inductiven Erweiterung unseres Wissens vorzustellen, alle Contagien und Miasmen seien belebt. Ja, meine Herren, ich will zugestehen, dass diese Auffassung eine sehr grosse Wahrscheinlichkeit für sich hat. Selbst diejenigen Forscher, welche nicht soweit gegangen sind, die Contagien und Miasmen in der bezeichneten Zwischenzeit für wirklich belebte Wesen zu halten, haben doch immer gesagt, sie stehen den belebten Wesen sehr nahe, sie haben Eigenschaften an sich, welche wir sonst nur bei belebten Wesen sehen, sie pflanzen sich fort, sie vermehren sich, sie regeneriren sich unter besonderen Umständen; sie erscheinen wie wirkliche organische Körper. Allein trotzdem haben sie mit Recht gewartet, bis der Nachweis der inficirenden Organismen geliefert war. Und so gebietet die Vorsicht auch jetzt noch Zurückhaltung.

Wir dürfen nicht vergessen, dass die Geschichte unserer Wissenschaften eine grosse Menge von Thatsachen darbietet, welche uns lehren, dsss sehr verwandte Erscheinungen auf sehr verschiedene Weise sich vollziehen können. Als die Gährung auf besondere Pilze zurückgeführt war, als man erfuhr, dass die Fermentation an die Entwicklung gewisser Pilze geknüpft sei, da lag es in der That sehr nahe, sich vorzustellen, dass nach Art der Fermentation alle jene ihr verwandten Processe sich vollzögen, für die man den Namen der „katalytischen" aufgestellt hat, und die sich so vielfach im menschlichen und thierischen Körper, wie in den Pflanzen vorfinden. Es hat in der That an Gelehrten nicht gefehlt, welche sich vorgestellt haben, dass die Verdauung, welche ja einer der Vorgänge ist, die eine grosse Aehnlichkeit mit den fermentativen Processen haben, dadurch entstehe, dass in dem Magen — speciell beim Rindvieh ist die Frage practisch discutirt worden, — gewisse Pilze, welche vielfach vorkommen, in ähnlicher Weise die Verdauung vermittelten, wie die Gährungspilze die Gährung vermitteln. Wir wissen jetzt, dass die Verdauungssäfte absolut nichts zu thun haben mit Pilzen. So sehr sie katalytische Eigenschaften besitzen, so sicher sind wir doch, dass ihre wirksamen Stoffe chemische Körper sind, die wir extrahiren, die wir von den übrigen Stoffen isoliren und isolirt ohne irgend eine Beimischung lebender Gebilde wirken lassen können. Wenn der menschliche Speichel befähigt ist, in der kürzesten Zeitfrist Stärke und Gummi in Zucker umzuwandeln, und wenn jedesmal, wenn wir Brod essen, in unserem Munde diese Neu-Erzeugung „süssen" Brodes sich vollzieht, so ist daran kein Pilz betheiligt, kein Gährungsorganismus, sondern es sind chemische Substanzen, welche in ganz ähnlicher Weise, wie das im Innern eines Pilzes geschieht, die Umsetzung der Stoffe zu Stande bringen. Wir sehen also, dass zwei Processe, die sich sehr nahe stehen, der eine im Innern eines Gährungspilzes, der andere im menschlichen Verdauungstracte auf verschiedene Weise erregt werden; der gleiche Vorgang ist das eine Mal geknüpft an einen bestimmten pflanzlichen Organismus, das andere Mal wird er ohne einen solchen, einfach durch freie Flüssigkeit vollzogen.

Ich würde es für ein grosses Unglück halten, wenn man nicht in gleicher Weise, wie es hier geschehen ist, fortfahren wollte, in jedem einzelnen Falle zu ermitteln, ob die Voraussetzung, die man hat, die Vorstellung, die man sich gebildet hat und die höchst wahrscheinlich sein mag, auch wirklich wahr, ob sie thatsächlich berechtigt ist. Ich will in dieser Beziehung daran erinnern, dass wir auch unter den infectiösen Krankheiten Fälle haben, bei denen ganz unzweifelhaft ein gleicher Gegensatz vorliegt. Mein Freund Klebs wird mir wohl verzeihen müssen, wenn ich auch noch jetzt, trotz der neuen Fortschritte, welche die Lehre von den inficirenden Pilzen gemacht hat, immer noch in der Reserve beharre, dass ich immer nur denjenigen Pilz zugestehe, der wirklich nachgewiesen ist, und dass ich alle anderen Pilze so lange leugne, bis sie mir nicht factisch entgegen getreten sind. Es giebt unter den Infectionskrankheiten eine gewisse Gruppe, die durch organische Gifte entstehenden, — ich will nur eine daraus hervorheben, die meiner Meinung nach sehr lehrreich ist, die Vergiftung durch Schlangenbiss, eine sehr berühmte und höchst merkwürdige Form. Wenn diese Art von Vergiftung verglichen wird mit denjenigen Arten von Vergiftung, die wir gewöhnlich Infections-krankheiten nennen (Infection heisst nicht viel anderes als Vergiftung), so muss man zugestehen, dass die grössten Analogien in dem Ver-laufe in beiden Fällen vorhanden sind. Nichts würde in Bezug auf den Verlauf der Annahme entgegenstehen, dass die Summe vor Vor-gängen, welche sich nach einem Schlangenbisse im menschlichen Körper vollziehen, zu Stande komme, indem Pilze in den Körper eindrängen und in verschiedenen Organen Veränderungen hervor-riefen. In der That kennen wir gewisse Processe, z. B. septische, bei denen sich ganz ähnliche Erscheinungen zeigen, und es ist nicht zu verkennen, dass gewisse Formen von Schlangenbissvergiftung und gewisse Formen von septischer Infection sich so ähnlich sehen, wie ein Ei dem anderen. Und doch haben wir nicht den mindesten Grund, beim Schlangenbiss den Import von Pilzen zu vermuthen, während wir umgekehrt bei septischen Processen diesen Import anerkennen.

Die Geschichte unserer Naturwissenschaft hat zahlreiche Beispiele welche uns immer mehr dahinbringen sollten, dass wir die Gültigkeit unserer Lehrsätze auf die allerstrikteste Weise auf dasjenige Gebiet begrenzen, auf dem wir sie wirklich darthun können, und dass wir nicht auf dem Wege der Induction soweit gehen, Lehrsätze, welche nur für einen oder einige Fälle bewiesen sind, ohne Weiteres ins Ungemessene auszudehnen. Nirgends ist die Nothwendigkeit einer solchen Beschränkung mehr zu Tage getreten, als gerade auf dem Gebiete der Entwickelungsgeschichte. Die Frage von der ersten Ent-stehung organischer Wesen, diese Frage, welche auch dem fortge-schrittenen Darwinismus zu Grunde liegt, ist eine uralte. Wer zuerst die einzelnen Lösungen dafür zu finden versucht hat, das weiss man gar nicht. Wenn wir aber die alte populäre Lehre uns vergegen-wärtigen, wonach alle möglichen lebenden Wesen, Thiere und Pflanzen, aus je einem Erdenklosse hervorgehen können, — einem Klösschen unter Umständen, — so sollten wir uns zugleich erinnern, dass die berühmte Lehre von der Generatio aequivoca, der Epigenesis, damit eng zusammenhängt, und dass sie in Aller Vorstellung seit Jahrtau-senden ist. Nun ist mit dem Darwinismus die Lehre von der Urzeugung wieder aufgenommen worden, und ich kann nicht leugnen, es hat etwas sehr Verführerisches, diesen Abschluss der Descendenz- theorie zu machen, und, nachdem man die ganze Reihe der Lebens- formen von den niedrigsten Protisten bis zu dem höchsten mensch- lichen Organismus aufgestellt hat, diese lange Reihe auch noch an- zuknüpfen an die unorganische Welt. Es entspricht das jener Rich- tung zur Generalisation, welche so sehr menschlich ist, dass sie zu allen Zeiten bis in die graueste Vorzeit hin in den Speculationen der Völker ihren Platz gefunden hat. Wir haben unweigerlich das Bedürfniss, die organische Welt nicht herauszulösen aus dem Ganzen, als etwas von dem Ganzen sich Trennendes, sondern vielmehr ihren Zusammenhang mit dem Ganzen zu sichern. In diesem Sinne hat es etwas Beruhigendes, wenn man sagen kann, die Atomengruppe Kohlenstoff und Compagnie — das ist vielleicht zu kurz gesagt, aber doch correct, insofern Kohlenstoff das Wesentliche sein soll — also diese Genossenschaft, Kohlenstoff und Cie., habe sich zu einer ge- wissen Zeit von dem gewöhnlichen Kohlenstoff abgelöst und unter besonderen Umständen das erste Plastidul gegründet, und sie gründe nun auch gegenwärtig weiter. Dem gegenüber muss aber betont werden, dass alle wirkliche wissenschaftliche Kenntniss über die Lebensvorgänge den umgekehrten Weg gegangen ist. Wir datiren den Anfang unserer wirklichen Kenntnisse von der Entwickelung der höheren Organismen von jenem Tage, wo Harvey den berühmten Satz aussprach: omne vivum ex ovo, jedes lebende Wesen stammt aus einem Ei. Dieser Satz ist, wie wir jetzt wissen, in seiner Allgemeinheit unrichtig. Wir können ihn heutzutage als einen vollberechtigten nicht mehr anerkennen; wir wissen im Gegentheil, dass eine ganze Menge von Zeugungen und Fortpflanzungen ohne Ei existirt. Von Harvey bis auf unseren berühmten Freund von Siebold, der der Parthenogenesis zu ihrer vollen Anerkennung verholfen hat, liegt eine ganze Reihe von immer weiteren Beschränkungen vor, welche darthun, dass der Satz: omne vivum ex ovo in seiner Allgemeinheit unrichtig war. Nichtsdesto- weniger würde es die höchste Undankbarkeit sein, wenn wir nicht anerkennen wollten, dass in dem Gegensatze, in den Harvey zu der alten Generatio aequivoca trat, der grösste Fortschritt begründet ge- wesen ist, den die Wissenschaft auf diesem Gebiete gemacht hat. Man hat nachher eine grosse Reihe von neuen Formen kennen gelernt, in denen sich die Fortpflanzung der verschiedenen Arten lebendiger Wesen vollzieht, in denen neue Individuen entstehen, — die directe Theilung, die Knospenbildung, den Generationswechsel. Alle diese Erfahrungen einschliesslich der Parthenogenesis sind Errungenschaften, welche uns dahin gebracht haben, jedes einheitliche Schema für die Erzeugung organischer Individuen aufzugeben. An die Stelle des einheitlichen Satzes ist eine Mehrheit von Erfahrungssätzen getreten; wir haben jetzt gar keinen einheitlichen Satz mehr, durch welchen wir Jemanden ein für allemal klar machen könnten, wie ein neues thierisches Wesen beginnt.

Auch die Generatio aequivoca, die so oft bekämpft und so oft widerlegt ist, tritt nichtsdestoweniger immer wieder uns gegenüber. Freilich kennt man keine einzige positive Thatsache, welche darthäte, dass je eine Generatio aequivoca stattgefunden hat, dass je eine Urzeugung in der Weise geschehen ist, dass unorganische Massen, also etwa die Gesellschaft Kohlenstoff und Cie., jemals freiwillig sich zu organischen Massen entwickelt hätten. Nichtsdestoweniger gestehe ich zu, dass, wenn man sich eine Vorstellung machen will, wie das erste organische Wesen von selbst hätte entstehen können, nichts weiter übrig bleibt, als auf Urzeugung zurückzugehen. Das ist klar! wenn ich eine Schöpfungstheorie nicht annehmen will, wenn ich nicht glauben will, dass es einen besonderen Schöpfer gegeben hat, der den Erdenkloss genommen und ihm den lebendigen Odem eingeblassen hat, wenn ich mir einen Vers machen will auf meine Weise, so muss ich ihn machen im Sinne der Generatio aequivoca. Tertium non datur. Da bleibt nichts anderes übrig, wenn man einmal sagt: „ich nehme die Schöpfung nicht an, aber ich will eine Erklärung haben." Ist das die erste These, dann muss man zur zweiten These schreiten und sagen: ergo nehme ich die Generatio aequivoca an. Aber einen thatsächlichen Beweis dafür besitzen wir nicht. Kein Mensch hat je eine Generatio aequivoca sich wirklich vollziehen sehen, und jeder, der behauptet hat, dass er sie gesehen hat, ist widerlegt worden von den Naturforschern, nicht etwa von den Theologen.

Meine Herren, ich führe das an, um unsere Unparteilichkeit im rechten Lichte erscheinen zu lassen, was doch zuweilen recht Noth thut. Wir haben immer die Waffen in uns und bei uns, um zu kämpfen gegen das, was unberechtigt ist.

Ich sage also, die theoretische Berechtigung einer solchen Formel muss ich anerkennen. Wer eine Formel haben will, wer sagt, ich brauche absolut eine Formel, ich muss mit mir ins Reine kommen, ich will eine zusammenhängende Weltanschauung haben, der muss entweder eine Generatio aequivoca oder die Schöpfung annehmen; daneben giebt es nichts weiteres mehr. Wenn wir uns offen aussprechen, so kann man ja zugestehen, die Naturforscher könnten eine kleine Sympathie für die Generatio aequivoca haben. Wenn sie zu beweisen wäre, so wäre es sehr schön.

Aber wir müssen anerkennen, dass sie noch nicht bewiesen ist. Beweise fehlen noch. Wenn jedoch irgend ein Beweis gelingen sollte, so würden wir uns fügen. Aber auch dann würde erst festzustellen sein, in welcher Ausdehnung die Generatio aequivoca zulässig ist. Wir würden in ruhiger Weise zu untersuchen fortfahren müssen, denn Niemand wird auf den Gedanken kommen, dass die Urzeugung etwa für die Gesammtheit aller organischen Wesen Geltung hat. Möglicher Weise träfe sie nur für eine einzelne Reihe von Wesen zu. Ich meine aber, wir haben Zeit, auf den Beweis zu warten. Wer sich erinnert, in wie bedauerlicher Weise gerade in der neuesten Zeit alle Versuche, für die Generatio aequivoca in den niedrigsten Formen des Uebergangs von der unorganischen zur organischen Welt eine bestimmte Unterlage zu finden, gescheitert sind, dem sollte es doppelt bedenklich erscheinen, zu fordern, dass diese so übel beleumundete Lehre etwa als Grundlage aller menschlichen Vorstellungen über das Leben genommen werde. Ich darf ja voraussetzen, dass die Geschichte vom Bathybius ziemlich allen Gebildeten bekannt geworden ist. Mit dem Bathybius ist wieder einmal die Hoffnung in die Tiefe versunken, dass die Generatio aequivoca sich nachweisen lasse.

Daher, meine ich, müssen wir in Bezug auf diesen ersten Punkt, auf den Punkt von dem Zusammenhange des Organischen und des Anorganischen, einfach bekennen, dass wir in der That nichts darüber wissen. Wir dürfen unsere Vermuthung nicht als eine Zuversicht, unser Problem nicht als einen Lehrsatz darstellen; das ist nicht zulässig. Wie es im Gange der Evolutionstheorien viel sicherer, viel fruchtbarer, viel mehr dem Fortschritte der beglaubigten Naturwissenschaft entsprechend gewesen ist, dass man Stück für Stück die ursprüngliche einheitliche Doctrin zerlegt hat, so werden wir uns auch daran machen müssen, in der alten bekannten analysirenden Weise zunächst die organischen und die unorganischen Dinge auseinander zu halten und sie nicht vorzeitig zusammen zu werfen.

Nichts, meine Herren, ist in den Naturwissenschaften gefährlicher gewesen, nichts hat ihre eigenen Fortschritte und ihre Stellung in der Meinung der Völker mehr geschädigt, als die vorzeitige Synthese. Indem ich dies hier betone, möchte ich darauf hinweisen, wie gerade unser Vater Oken geschädigt worden ist in der Meinung nicht blos seiner Zeitgenossen, sondern auch der nachfolgenden Generation, weil er zu denen gehörte, die der Synthese in viel breiterer Weise Zugang zu ihren Vorstellungen gestatteten, als eine strengere Methode zugelassen haben würde. Meine Herren, lassen wir uns das Beispiel der Naturphilosophen nicht verloren gehen; vergessen wir nicht, dass jedesmal, wenn sich vor den Augen Vieler das vollzieht, dass eine Doctrin, welche sich als eine sichere, begründete, zuverlässige, als eine auf Allgemeingültigkeit Anspruch machende dargestellt hat, sich in ihren Grundzügen als eine fehlerhafte erweist, oder in wesentlichen, grossen Richtungen als eine willkürliche und despotische erfunden wird, eine Menge von Menschen den Glauben an die Wissenschaft verliert. Da beginnen dann die Vorwürfe: ihr seid ja selbst nicht sicher; eure Lehre, die heute Wahrheit heisst, ist morgen Lüge; wie könnt ihr verlangen, dass eure Lehre Gegenstand des Unterrichts und des allgemeinen Bewusstseins werde? Aus solchen Erfahrungen entnehme ich eben die Warnung, dass, wenn wir fortfahren wollen, auf die Aufmerksamkeit Aller Anspruch zu machen, wir der Versuchung Widerstand leisten müssen, unsere Vermuthungen, unsere blos theoretischen und speculativen Gebäude so in den Vordergrund zu schieben, dass wir von da aus die ganze übrige Weltanschauung construiren wollen.

Wenn es richtig ist, was ich vorhin gesagt habe, dass das Halbwissen gewissermassen die Eigenschaft aller Naturforscher ist, dass in vielen, ja vielleicht in den meisten der Nebenzweige ihrer eigenen Wissenschaft auch die Naturforscher Halbwisser seien, wenn ich dann gesagt habe, der wahre Naturforscher sei dadurch ausgezeichnet, dass er sich über die Grenze seines Wissens und seines Nichtwissens vollkommen klar sei, so sehen Sie wohl, meine Herren, werden wir auch dem übrigen Publicum gegenüber unsere Ansprüche darauf beschränken müssen, zu verlangen, dass das, was jeder einzelne Forscher in seiner Richtung, in seiner Disciplin als die zuverlässige und Allen gemeinsame Wahrheit bezeichnen kann, in die allgemeine Lehre aufgenommen werde.

Wir haben in dieser Umgrenzung unseres Wissens uns vor allen Dingen zu erinnern, dass das, was man gewöhnlich die Naturwissenschaften nennt, wie alles übrige Wissen auf der Welt, aus drei ganz verschiedenen Stücken sich zusammensetzt. Gewöhnlich unterscheidet man blos das objective und das subjective Wissen, indess wir haben noch ein gewisses Mittelstück, nehmlich das des Glaubens, der ja auch in der Wissenschaft existirt, nur dass er hier auf andere Dinge angewendet wird, als der religiöse Glaube. Es ist meiner Meinung nach etwas unglücklich, dass der Ausdruck Glaube so sehr von der Kirche in Anspruch genommen worden ist, dass man ihn kaum noch in nichtkirchlichen Dingen anwenden kann, ohne missverstanden zu werden. Es giebt in der That auch in der Wissenschaft ein gewisses Gebiet des Glaubens, auf dem der Einzelne nicht mehr die Beweise von der Wahrheit des Ueberlieferten aufnimmt, sondern sich eben im Wege der blossen Tradition unterrichtet: dasselbe, was wir in der Kirche haben. Umgekehrt möchte ich gleich bemerken, — und meiner Auffassung ist auch von der Kirche nicht widersprochen —, es ist nicht der Glaube allein, der in der Kirche gelehrt wird, sondern auch kirchliche Lehren haben ihre objective und ihre subjective Seite. Keine Kirche kann sich dem entziehen, in den drei bezeichneten Richtungen sich zu entwickeln: in dem mittleren, allerdings sehr breiten Glaubenswege, neben dem auf der einen Seite ein gewisses Quantum objectiver historischer Wahrheit und auf der anderen Seite eine wechselnde Reihe subjectiver und oft sehr phantastischer Vorstellungen liegt. Darin sind sich die kirchlichen und wissenschaftlichen Lehren gleich. Das liegt darin, dass der menschliche Geist eben ein einfacher ist und dass er die Methode, die er auf einem Gebiete verfolgt, schliesslich auch auf die übrigen überträgt. Man muss sich aber jeder Zeit darüber klar werden, wie weit auf den einzelnen Gebieten jede der bezeichneten Richtungen geht. So z. B. im kirchlichen Gebiete — es ist auf diesem leichter darzustellen — haben wir das eigentliche Dogma, den sogenannten positiven Glauben; darüber brauche ich nicht zu sprechen. Jede Kirche hat aber auch ihre besondere historische Seite. Sie sagt: das ist geschehen, das ist vorgekommen, das hat sich ereignet. Diese historische Wahrheit wird nicht blos einfach überliefert, sondern sie tritt in dem Kleide einer objectiven Wahrheit mit bestimmten Beweisen auf. Das gilt für die christliche Religion gerade so wie für die türkische, für die jüdische so gut wie für die buddhistische. Daneben treffen wir auf der anderen Seite gewissermassen den linken Flügel, wo der Subjectivismus spielt; da träumt der Einzelne, da kommen die Visionen, die Hallucinationen der Individuen. Die eine Religion fördert dieselben durch besondere Arzneistoffe, die andere durch Fasten u. s. w. So entwickeln sich subjective, individuelle Strömungen, die gelegentlich neben dem bis dahin bestehenden kirchlichen Gebiete als ganz selbständige Erscheinungen auftreten, gelegentlich auch als häretisch abgestossen werden, aber oft genug in den grossen Strom des anerkannten Kirchenwesens einlenken. Alles dieses haben wir in den Naturwissenschaften auch. Wir haben auch da den Strom des Dogmas, wir haben auch da den Strom der objectiven und den der subjectiven Lehren. In Folge dessen ist unsere Aufgabe eine zusammengesetzte. Wir bemühen uns zunächst immer, den dogmatischen Strom zu verkleinern. Die Hauptaufgabe, welche die Wissenschaft seit Jahrhunderten verfolgt hat, ist die gewesen, die rechte, die conservative Seite immer mehr zu stärken. Diese Seite, welche die sicheren Thatsachen in sich aufnimmt mit dem vollen Bewusstsein der Beweise, diese Seite, welche den Versuch als das höchste Beweismittel festhält, diese Seite, welche im Besitze der eigentlicnen wissenschaftlichen Schatzkammer ist, ist immer breiter und grösser geworden, und zwar vorzugsweise auf Kosten des dogmatischen Stromes. In der That, wenn wir nur die Fülle der Naturwissenschaften, die seit dem Ende des vorigen Jahrhunderts in Blüthe gekommen sind, betrachten, so hat eine unglaubliche Revolution stattgefunden.

In keiner Wissenschaft ist das so sichtbar wie in der Medicin, weil sie die einzige Wissenschaft ist, die in continuirlicher Weise eine Geschichte von nahezu 3000 Jahren hat. Wir sind gewissermassen die Patriarchen der Wissenschaft, insofern, als wir am längsten eben den dogmatischen Strom gehabt haben. Dieser war so stark, dass in dem früheren Mittelalter sogar die katholische Kirche ihn in ihr Bett mit aufnahm und dass der Heide Galen wie ein Kirchenvater in der Vorstellung der Menschen erschien, ja, wenn wir die früh mittelalterlichen Gedichte lesen, in der That oft genau in der Stellung eines Kirchenvaters sich darstellt. Das medicinische Dogma ist fortgegangen bis zur Zeit der Reformation. Gleichzeitig mit Luther sind Vesal und Paracelsus gekommen und haben die ersten grossen Reductionsversuche gemacht. Sie haben Pfähle geschlagen in den dogmatischen Strom, haben ihn abgedämmt und ihm nur ein kleines Fahrwasser gelassen. Vom 16. Jahrhundert an ist er in jedem Jahrhundert immer enger und enger geworden, so dass schliesslich nur noch ein ganz kleines Fahrwasser für die Therapeuten übrig geblieben ist. ·

So geht die Herrlichkeit der Welt dahin.

Vor 30 Jahren noch sprach man von der hippokratischen Methode als von etwas so Erhabenem und Bedeutungsvollem, dass gar nichts Heiligeres gedacht werden konnte. Heutzutage muss man sagen, dass diese Methode beinahe bis auf ihre Wurzel vernichtet ist. Es gehört wenigstens ein starkes Stück von Ausschmückung dazu, um zu sagen, dass ein heutiger Kliniker es noch macht, wie Hippokrates. Ja, wenn man die Medicin von heute mit der Medicin von 1800 vergleicht, — zufälligerweise bildet das Jahr 1800 einen ganz grossen Wendepunkt für die Medicin, — so findet man, dass sich unsere Wissenschaft im Laufe der letzten 70 Jahre gänzlich umgestaltet hat. Damals bildete sich, unmittelbar unter dem Eindruck der französischen Revolution, die grosse Pariser Schule, und man muss es dem Genie unserer Nachbarn nachrühmen, dass sie im Stande gewesen sind, auf einen Schlag die Grundlagen eines ganz neuen Wissens zu finden. Wenn wir jetzt auch die Medicin in der grösseren Breite des objectiven Wissens sich fortentwickeln sehen, so wollen wir niemals vergessen, dass die Franzosen die Bahnbrecher gewesen sind, wie es im Mittelalter die Deutschen waren.

An unserem eigenen Beispiele wollte ich Ihnen kurz zeigen, wie sich die Methoden und der Wissensschatz umgestalten. Ich bin überzeugt, dass in der Medicin am Schlusse dieses Jahrhunderts schon nur mehr eine Thonröhrenleitung übrig geblieben sein wird, durch welche die letzten schwachen Wasser des dogmatischen Stromes sich fortbewegen können, — eine Art von Drainage. Im Uebrigen wird wahrscheinlich der objective Strom den dogmatischen ganz und gar aufgenommen haben.

Vielleicht bleibt noch der subjective daneben bestehen. Vielleicht träumt auch dann noch mancher Einzelne seine schönen Träume aus. Das Gebiet der objectiven Thatsachen in der Medicin, ein so grosses es auch geworden ist, hat doch noch so viele Nebengebiete übrig gelassen, dass für Jemanden, der speculiren will, eine Fülle von Gelegenheiten täglich sich darbietet. Diese Fülle wird auch redlich benutzt. Eine Menge von Büchern würden ungeschrieben bleiben, wenn nur objective Dinge mitgetheilt werden sollten. Aber das subjetive Bedürfniss ist noch so gross, dass ich glaube behaupten zu können, von unserer heutigen medicinischen Literatur könnte immer noch die Hälfte ausbleiben, ohne dass für die objective Seite dadurch ein Nachtheil entstünde.

Wenn wir nun lehren, dann, meine ich, dürfen wir diese subjective Seite nicht als einen wesentlichen Gegenstand der Doctrin betrachten. Ich gehöre jetzt so ziemlich zu den ältesten Professoren der Medicin, ich lehre nun mehr als 30 Jahre meine Wissenschaft und ich darf sagen, ich habe in diesen 30 Jahren ehrlich an mir gearbeitet, um immer mehr von dem subjectiven Wesen abzuthun und mich immer mehr in das objective Fahrwasser zu bringen. Nichts desto weniger bekenne ich offen, dass es mir nicht möglich ist, mich ganz zu entsubjectiviren. Mit jedem Jahre sehe ich immer wieder von Neuem, dass ich selbst an solchen Stellen, wo ich geglaubt hatte, schon ganz objectiv zu sein, immer noch ein grosses Stück subjectiver Vorstellungen bewahrt habe. Ich gehe nun nicht so weit, die unmenschliche Forderung zu stellen, dass Jemand überhaupt ohne irgend eine subjective Ader sich äussern solle, aber ich sage, wir müssen uns die Aufgabe stellen, in erster Linie das eigentlich thatsächliche Wissen zu überliefern, und wir müssen den Lernenden jedesmal sagen, wenn wir weiter gehen: »dieses ist aber nicht bewiesen, sondern das ist meine Meinung, meine Vorstellung, meine Theorie, meine Speculation«.

Das können wir aber nur bei schon Entwickelten, bei schon Gebildeten. Wir können nicht dieselbe Methode in die Volksschule übertragen, wir können nicht jedem Bauernjungen sagen: »das ist thatsächlich, das weiss man und das vermuthet man nur«. Im Gegentheil, das, was man weiss, und das, was man nur vermuthet, mengt sich in der Regel so sehr in ein einziges Gebilde zusammen, dass das, was man vermuthet, als die Hauptsache, und das, was man weiss, als die Nebensache erscheint. Um so mehr haben wir, die wir die Wissenschaft tragen, wir, die wir in der Wissenschaft leben, die Aufgabe, dass wir uns enthalten, in die Köpfe der Menschen, und ich will es hier besonders betonen, in die Köpfe der Schullehrer dasjenige hineinzutragen, was wir bloss vermuthen. Freilich, wir können nicht die Thatsachen ganz bloss als Rohmaterial übergeben, das geht nicht. Sie müssen in eine gewisse Ordnung gebracht werden. Aber wir dürfen diese Ordnung nicht ausdehnen über das unerlässlich Nothwendige hinaus.

Das ist ein Vorwurf, den ich z. B. auch Herrn Naegeli mache.

Herr Naegeli hat gewiss in der gemessensten Weise, und — Sie werden es sehen, wenn Sie seinen Vortrag lesen, — in durchaus philosophischer Weise die schwierigen Fragen erörtert, die er sich zum Gegenstande seines Vortrages gewählt hatte. Nichts destoweniger hat er einen Schritt gethan, den ich für ungemein gefährlich halte. Er hat nämlich in einer anderen Richtung dasselbe gethan, was die Generatio aequivoca leistet. Er verlangt, dass das geistige Gebiet nicht blos von den Thieren auf die Pflanzen ausgedehnt werde, sondern dass wir schliesslich sogar aus der organischen in die unorganische Welt herübergehen mit unseren Vorstellungen über die Natur der geistigen Vorgänge. Diese Methode des Denkens, die durch grosse Philosophen repräsentirt wird, ist an sich natürlich. Wenn Jemand durchaus das geistige Geschehen in Zusammenhang mit den Vorgängen der übrigen Welt bringen will, so kommt er nothwendig dahin, dass er zuerst die psychischen Erscheinungen, wie sie sich bei dem Menschen und den höchst organisirten Wirbelthieren finden, auf die niederen und immer niedrigeren Thiere überträgt; sodann bekommt auch die Pflanze ihre Seele; weiterhin empfindet und denkt die Zelle, und endlich finden sich die Uebergänge bis zu den chemischen Atomen, die einander hassen oder lieben, die sich suchen oder auseinanderfliehen. Das ist Alles sehr schön und vortrefflich und mag schliesslich auch wahr sein. Es kann sein. Aber haben wir denn wirklich das Bedürfniss, liegt irgend ein positives, wissenschaftliches Bedürfniss vor, das Gebiet der geistigen Vorgänge über den Kreis derjenigen Körper hinaus auszudehnen, in und an denen wir sie sich wirklich darstellen sehen? Ich habe nichts dagegen, dass Kohlenstoffatome auch Geist haben, oder dass sie Geist in der Verbindung mit der Plastidul-Genossenschaft bekommen, allein ich weiss nicht, an was ich das erkennen soll. Es ist ein blosses Spiel mit Worten. Wenn ich Anziehung und Abstossung für geistige Erscheinungen, für psychische Phaenomene erkläre, dann werfe ich einfach die Psyche zum Fenster hinaus, dann hört die Psyche auf, Psyche zu sein. Man mag zuletzt die Vorgänge des menschlichen Geistes chemisch erklären, aber zunächst haben wir doch nicht die Aufgabe, meine ich, diese Gebiete durcheinander zu bringen. Wir haben vielmehr die Aufgabe, sie stricte da festzuhalten, wo wir sie eben erkennen. Und wie ich immer Werth darauf gelegt habe, dass man nicht in erster Linie die Uebergänge des Unorganischen in's Organische aufsuche, sondern zuerst den Gegensatz des Unorganischen und Organischen fixire und in diesem Gegensatze seine Studien mache, so behaupte ich auch, dass es einzig förderlich ist, und ich habe die festeste Ueberzeugung, dass wir gar nicht weiterkommen, wenn wir nicht das Gebiet der geistigen Vorgänge fixiren da, wo uns wirklich geistige Erscheinungen entgegentreten, und dass wir nicht geistige Erscheinungen vermuthen, wo sie vielleicht vorhanden sein können, wo wir aber gar keine sichtbaren, hörbaren, fühlbaren, überhaupt erkennbaren Erscheinungen wahrnehmen, die als geistige bezeichnet werden könnten. Für uns ist zweifellos die ganze Summe psychischer Erscheinungen an bestimmte Thiere, nicht an die Gesammtheit aller organischen Wesen, ja nicht einmal an alle Thiere überhaupt geknüpft, das behaupte ich ohne Anstand. Wir haben keinen Grund, jetzt schon davon zu sprechen, dass die niedrigsten Thiere psychische Eigenschaften besässen; wir finden dieselben nur bei den höheren und ganz sicher nur bei den höchsten.

Nun will ich ja gerne zugestehen, dass man gewisse Gradationen, gewisse allmähliche Uebergänge, gewisse Punkte finden kann, wo man von geistigen Vorgängen auf Vorgänge blos physischer oder physikalischer Natur kommt. Ich spreche durchaus nicht etwa den Satz aus, dass es niemals möglich sein werde, die psychischen Vorgänge mit physischen in einen unmittelbaren Zusammenhang zu bringen. Nur sage ich, wir haben gegenwärtig keine Berechtigung, diesen möglichen Zusammenhang als einen wissenschaftlichen Lehrsatz aufzustellen, und ich muss entschieden Einspruch dagegen thun, dass man in dieser Weise eine vorzeitige Erweiterung unserer Doctrinen sucht, und dass man das, was schon so oft als ein vergebliches Problem sich erwiesen hat, immer wieder von Neuem in den Vordergrund der Darstellung bringt. Wir müssen strenge unterscheiden zwischen dem, was wir lehren wollen, und dem, wonach wir forschen wollen. Das, wonach wir forschen, das sind Probleme. Wir brauchen dieselben nicht für uns zu behalten; wir können sie aller Welt mittheilen und sagen, das Problem ist da, dem streben wir nach, wie Columbus, welcher, als er auszog, um Indien zu entdecken, daraus kein absolutes Geheimniss machte, welcher aber schliesslich nicht Indien, sondern Amerika fand. So ergeht es auch uns nicht selten. Wir ziehen aus, um bestimmte Probleme, die wir als sicher voraussetzen, zu beweisen, und am Ende finden wir etwas ganz Anderes, worauf wir nicht gefasst waren.

Die Forschung nach solchen Problemen, an denen sich die ganze Nation interessiren mag, darf Keinem verschränkt sein. Das ist die Freiheit der Forschung. Aber das Problem soll nicht ohne Weiteres Gegenstand der Lehre sein. Wenn wir lehren, so müssen wir uns an jene kleineren und doch schon so grossen Gebiete halten, die wir wirklich beherrschen.

Meine Herren! Mit einer solchen Resignation, die wir uns selbst auferlegen, die wir gegenüber der übrigen Welt üben, bin ich überzeugt, werden wir allein im Stande sein, den Kampf gegen unsere Widersacher zu führen und siegreich zu führen. Jeder Versuch, unsere Probleme zu Lehrsätzen umzubilden, unsere Vermuthungen als die Grundlagen des Unterrichtes einzuführen, der Versuch insbesondere, die Kirche einfach zu depossediren und ihr Dogma ohne Weiteres durch eine Descendenzreligion zu ersetzen, ja, meine Herren, dieser Versuch muss scheitern und er wird in seinem Scheitern zugleich die höchsten Gefahren für die Stellung der Wissenschaft überhaupt mit sich bringen.

Darum, meine Herren, mässigen wir uns, üben wir die Resignation, dass wir auch die theuersten Probleme, die wir aufstellen, doch immer nur als Probleme geben, dass wir es hundert und hundertmal sagen: haltet das nicht für feststehende Wahrheit, seid darauf vorbereitet, dass es vielleicht anders werde; nur für den Augenblick haben wir die Meinung, es könnte so sein.

Ich will zur Erläuterung noch ein Beispiel hinzufügen. Es wird im Augenblicke wenige Naturforscher geben, die nicht der Meinung sind, dass der Mensch mit dem übrigen Thierreiche im Zusammenhange steht, und dass, wenn auch nicht mit dem Affen, so doch vielleicht an anderer Stelle, wie auch Herr Vogt jetzt annimmt, ein Zusammenhang möglicher Weise sich finden lassen werde.

Ich erkenne offen an, es ist das ein Desiderat der Wissenschaft. Ich bin ganz vorbereitet darauf, und ich würde mich keinen Augenblick weder wundern noch entsetzen, wenn der Nachweis geliefert würde, dass der Mensch Vorfahren unter anderen Wirbelthieren hat. Sie wissen, ich treibe gerade Anthropologie gegenwärtig mit Vorliebe, aber ich muss doch erklären: jeder positive Fortschritt, den wir in dem Gebiete der prähistorischen Anthropologie gemacht haben, hat uns eigentlich von dem Nachweise dieses Zusammenhanges mehr entfernt. Die Anthropologie studirt in diesem Augenblicke die Frage des fossilen Menschen. Von dem Menschen der gegenwärtigen

„Schöpfungsperiode" sind wir in die quaternäre Zeit gekommen, in jene Zeit, für die noch Cuvier mit der grössten Bestimmtheit behauptete, dass der Mensch damals überhaupt noch nicht existirt habe. Heutzutage ist der quaternäre Mensch eine allgemein acceptirte Thatsache. Der quaternäre Mensch ist nicht mehr ein Problem, sondern ein wirklicher Lehrsatz. Der tertiäre Mensch dagegen ist ein Problem, freilich ein Problem, welches schon in materieller Discussion ist. Es giebt schon Objecte, an denen man darüber streitet, ob sie als Beweise für die Existenz des Menschen in der Tertiärzeit zuzulassen seien. Wir machen nicht mehr blos Speculationen darüber, sondern wir disputiren an bestimmten Dingen, ob sie als Zeugen der Thätigkeit des Menschen in der Tertiärzeit anerkannt werden können. Je nachdem man diese objectiven materiellen Beweisstücke für ausreichend hält oder nicht, beantwortet man die aufgeworfene Frage verschieden. Selbst entschieden kirchliche Männer, wie Abbé Bourgeois, sind überzeugt, dass der Mensch die Tertiärzeit erlebt hat; der tertiäre Mensch ist für sie schon ein wirklicher Lehrsatz. Für uns etwas mehr kritische Naturen ist der tertiäre Mensch blos noch Problem, aber wir müssen es anerkennen, ein discussionsfähiges Problem. Bleiben wir daher vorläufig bei dem quaternären Menschen stehen, den wir wirklich finden. Wenn wir diesen quaternären, fossilen Menschen, der doch unseren Urahnen in der Descendenz- oder eigentlich in der Ascendenzreihe näher stehen müsste, studiren, so finden wir immer wieder einen Menschen, wie wir es auch sind.

Noch vor zehn Jahren, wenn man etwa einen Schädel im Torfe fand oder in Pfahlbauten oder in alten Höhlen, glaubte man, wunderbare Merkmale eines wilden, noch ganz unentwickelten Zustandes an ihm zu sehen. Man witterte eben Affenluft. Allein das hat sich allmählich immer mehr verloren. Die alten Troglodyten, Pfahlbauern und Torfleute erweisen sich als eine ganz respectable Gesellschaft. Sie haben Köpfe von solcher Grösse, dass wohl mancher Lebende sich glücklich preisen würde, einen ähnlichen zu besitzen. Unsere französischen Nachbarn haben freilich davor gewarnt, dass man ja nicht aus diesen grossen Köpfen zu viel schliessen möchte; es könnte ja sein, dass in denselben nicht bloss Nervensubstanz gewesen sei, sondern dass die alten Gehirne mehr Zwischengewebe gehabt hätten, als jetzt gebräuchlich ist, und dass ihre Nervensubstanz trotz der Grösse des Gehirns auf einem niederen Standpunkt der Entwickelung geblieben sei. Indess ist das nur eine freundschaftliche Unterhaltung, die einigermassen zur Stütze schwacher Gemüther geführt wird. Im Ganzen müssen wir wirklich anerkennen, es fehlt jeder fossile Typus einer niederen menschlichen Entwickelung. Ja, wenn wir die Summe der bis jetzt bekannten fossilen Menschen zusammennehmen und sie parallel stellen dem, was die Jetztzeit darbietet, so können wir entschieden behaupten, dass unter den lebenden Menschen eine viel grössere Zahl relativ niedrigstehender Individuen vorhanden ist, als unter den bis jetzt bekannten fossilen. Ob gerade die höchsten Genies der Quaternärzeit das Glück gehabt haben, uns erhalten zu werden, das wage ich nicht zu vermuthen. Gewöhnlich schliesst man aus der Beschaffenheit eines einzelnen fossilen Objects auf die Mehrzahl der anderen, nicht gefundenen. Ich will das jedoch nicht thun. Ich will nicht behaupten, dass die ganze Rasse so gut war, wie die paar Schädel, die übrig geblieben sind. Aber ich muss sagen: irgend ein fossiler Affenschädel oder Affenmenschenschädel, der wirklich einem menschlichen Besitzer angehört haben könnte, ist noch nie gefunden worden. Jeder Zuwachs, welchen wir in dem materiellen Bestande der zu discutirenden Objecte gewonnen haben, hat uns von dem gestellten Probleme weiter entfernt. Nun kann man sich allerdings der Betrachtung nicht entziehen, es sei vielleicht eine ganz besondere Stelle auf der Erde, wo die tertiären Menschen gelebt haben. Das wäre ebenso gut möglich, wie man in den letzten Jahren in Nordamerika jene merkwürdige Entdeckung gemacht hat, dass die fossilen Vorfahren unserer Pferde in Gegenden vorkommen, wo das Pferd seit langer Zeit ganz und gar verschwunden ist. Als Amerika entdeckt wurde, war es überhaupt pferdelos; an der Stelle, wo die Vorfahren unserer Pferde gelebt haben, war kein lebendes Pferd mehr vorhanden. So kann es auch sein, dass der tertiäre Mensch in Grönland oder Lemurien existirt hat und noch irgendwo aus der Tiefe wieder zu Tage gebracht wird. Allein thatsächlich, positiv müssen wir anerkennen, dass noch immer eine scharfe Grenzlinie zwischen dem Menschen und dem Affen besteht. Wir können nicht lehren, wir können es nicht als eine Errungenschaft der Wissenschaft bezeichnen, dass der Mensch vom Affen oder von irgend einem anderen Thiere abstamme. Wir können das nur als ein Problem bezeichnen, es mag noch so wahrscheinlich erscheinen und noch so nahe liegen.

Durch die Erfahrungen der Vergangenheit sollten wir hinreichend gewarnt sein, dass wir nicht unnöthiger Weise zu einer Zeit, wo wir

nicht berechtigt sind, Schlüsse zu ziehen, uns die Verpflichtung auferlegen oder der Versuchung erliegen, dies doch zu thun. Sehen Sie,
meine Herren, darin liegt die Schwierigkeit für jeden Naturforscher,
der in die Aussenwelt hineinspricht. Wer für die Oeffentlichkeit spricht
oder schreibt, der, meine ich, müsste sich gerade jetzt doppelt prüfen,
wie viel von dem, was er weiss und sagt, objectiv wahr ist. Er müsste
sich möglichst bemühen, alle nur inductiven Erweiterungen, die er
macht, alle weitergehenden Schlüsse nach Gesetzen der Analogie, sie
mögen noch so naheliegend erscheinen, mit kleinen Lettern unter dem
Texte drucken zu lassen, und in den Text eben nur das zu setzen,
was wirklich objective Wahrheit ist. Dann, meine Herren, könnten
wir wohl dahin kommen, dass wir einen immer grösseren Kreis von
Anhängern gewinnen, dass wir eine immer grössere Zahl von Mit-
arbeitern bekommen, dass das gebildete Publikum in der fruchtbaren
Weise, wie das auf vielen Gebieten schon geschehen ist, sich auch
ferner betheiligt. Anders, meine Herren, fürchte ich, dass wir unsere
Macht überschätzen. Allerdings, der alte Baco hat mit Recht gesagt: scientia est potentia, Wissen ist Macht. Aber er hat auch das
Wissen definirt, und das Wissen, das er meinte, war nicht das specu-
lative Wissen, nicht das Wissen der Probleme, sondern das war das
objective, das thatsächliche Wissen. Meine Herren! Ich meine, wir
würden unsere Macht missbrauchen, wir würden unsere Macht gefährden, wenn wir uns im Lehren nicht auf dieses vollkommen be
rechtigte, vollkommen sichere, unangreifbare Gebiet zurückziehen.
Von diesem Gebiete aus mögen wir als Forscher unsere Vorstösse in der
Richtung der Probleme machen, und ich bin sicher, jeder Versuch
dieser Art wird dann die nöthige Sicherheit und Unterstützung finden.

Berlin, Druck von W. Büxenstein.